Franziska Beyer-Lallauret

Falterfragmente / Poussière de papillon

Gedichte
mit Bildern von Johanna Hansen und
einem Nachwort von Patrick Wilden

Poésies accompagnées
d'illustrations de Johanna Hansen
et d'un commentaire de Patrick Wilden

dr. ziethen verlag
Oschersleben

manchmal hielt der mond
geradewegs auf uns
zu aus augen
winkeln
kletterte
hauthoch
das licht wir
fluoreszierten bis wir
nichts halbes mehr waren

parfois la lune se tournait
vers nous du coin
de l'œil la
lumière
grimpait
à hauteur
de peau nous
nous réfléchissions
jusqu'à ne plus faire qu'un

I VERS LA FLAMME

Vœu pieux

On pourrait boire le jus de sureau personne
Hélas n'y pense guère il fut un temps en août
Où les baies trempaient les torchons l'obscurité
Aux doigts nous dévorions les buissons
Les étourneaux de nos jours imitent la tempête
Cueillent les sphères noircissent les nuages

Entre les poutres sous le pignon le loir ne dort
Pas encore les escaliers du grenier font chuter
Ceux qui ne croient ni aux fantômes ni
Aux ailes les effleurant juste au passage
Sans surprise dans une telle bâtisse les vers
Et vrillettes du bois chantent un air crépitant

Ecoute les herbes pousser à la lisière du chemin
Nos univers ne sont pas les mêmes or à l'instant
Je veux t'apparaître que tu sois la lune
Tu logeras où je l'indique fuyant les foules
Dans la clarté du croissant passe la colline
Tombe de la cime du sureau dans mon donjon

I DOCHTWÄRTS

Frommer Wunsch

Wir denken nicht ans Holundersafttrinken
Es gab eine andere Zeit da pressten wir Kugeln
Durch Tücher aßen uns hitzig Ende August
Mit Dunkelsaft auf den Fingern jetzt
Rauschen die Stare Sturm in den Sträuchern
Pflücken Beeren bestücken die Wolken
Kanten mit Schwarz

Noch schläft das Siebenvieh nicht ein
Im Giebel unter den Balken die Treppe
Zieht manchen von uns die Füße fort
Die an Gespenster nicht glauben an Flügel
Die einen streifen im Vorbeigehn
Holzwürmer singen ein knisterndes Lied
Von Häusern wie diesem

Wir hören das Gras an unseren Rändern
Wachsen wir leben in zweierlei Welten nun aber
Will ich dir aufgehn dann bist du der Mond
Der wohnt wo ichs sage dem Schwarm nie folgt
Komm mit Schimmer und Sichel
Über den Hügelgrat aus Holunder
Krach in meinen Burgturm

Euphorie

Ma double dose
D'iris versatile je te promets
Des fraises qui tombent
Dans les pommes
Je suis déguisée ma chemise
De seconde main
Est tout sauf blanche
J'oscille à travers tes fugues
Entre les heures
Tu foudroies le clavier
Pas besoin de m'accorder
A dix centimètres du sol
Les plus beaux songes gâchés
Planent côte à côte
Tu les arraches
Sous mes épaules ils
Poussent comme de l'herbe
Mauvaise dis-tu

Euphorie

Du sprunghafte Iris du
Doppelte Dosis
Lässt mich das Rote vom Apfel
Baum runter versprechen
Ich bin verkleidet mein Hemd
Ist nicht weiß schon getragen
Ich scheine nur so
Durch die Fugen der Stunden
Jagst du die Klaviatur ich muss
Nicht gestimmt werden
Zehn Zentimeter überm Linoleum
Schweben die schönsten
Verschwendeten Gedanken
Die rupfst du mir aus
Den Schultern sie wachsen
Wie Unkraut sagst du

Nuage aménagé

Nous les oiseaux de paradis automnal
Nichés en haut des bouteilles
Avons vidé le verre à moitié plein
Jadis la poussière de la bougie
Jamais personne ne l'enlevait
Sa rondeur crépitait
D'étincelles virevoltantes
Jusqu'à la mèche

Tu as couvert mes murs d'aquarelles
Glaciales l'hiver en toile de fond
La canicule s'échappe de toi
Dans ta tête résonnent les couleurs
Ton œil m'a brulée à vif
Je nage dans l'aigue-marine
Tu nous mixes en élixir
Et nous fixes au miroir

La nuit la rareté de nos heures
Nous fait horreur je prends
Tes chaussures pesantes les lance
Par la fenêtre au monde
Elles s'envolent dans la lumière
De la rue le cœur léger
Puissions-nous suspendre
Le matin – maintenant

Wolkenkuckuckskammer

Wir komischen Vögel nisten auf Flaschen
Hälsen im Herbst
Leerten das halbvolle Glas bis zur Neige
Da war die Kerze noch Kugel
Nie staubte einer sie ab sie knisterte
Dochtwärts sls sie zur Scheibe schmolz
Stoben die Funken du

Hängst mir Eisaquarelle ins Haus
Winter mit Hinterland
Heißluft dringt dir aus dem Kopf der tönt
Vor Farbe dein Auge fackelt mich ab
Ich schwimme im Aquamarin
Du mischst ein Elixier aus uns
Knüpfst es am Spiegel fest

Nachts wenn uns vor Seltenheit graut
Nehm ich dein festes Schuhwerk
Vom Boden werfe es in die Welt lasse es
Fahrn aus dem Fenster ins Straßenleuchten
Es fliegt als hab es ein leichtes Herz
Wir könnten den Morgen vertagen (jetzt)

Mélodie al dente

Nous enfilons nos queues de poisson
Avant l'achèvement du printemps
Un mouvement infime peut casser le cou
A une note de musique
Les rêves s'entrechoquent
Comme le marteau et l'enclume l'étrier
Tire le tympan en longueur ton oreille
A présent tombe insomniaque
Je l'ai inondée de ma fichue eau de sirène
Je coule de tes pavillons

Hier encore nous chantions nos louanges
Sous les arcades des arbres
Destinés à ourler la fête nous pensions à tort
Être utiles au village
Afin d'embellir la place du centre
Nous voulions rire et venir déguisés
En bisounours et en bœuf couronné
Nous souhaitions perdre
De vue les sentiers forestiers puis accoster
Devant une église prôner l'amour

Melodie al dente

Ehe der Frühling am Ende ist
Legen wir Fischschwänze an
Die kleinste Regung bräche
Einem Notenhals das Genick
Hammer und Steigbügel klirren
Im Traum das Trommelfell
Wird übern Amboss gezogen
Dein Gehörgang ist schlaflos
Mit meinen verflixten Sirenen
Wassern geflutet ich fließe
Dir aus den Ohrmuscheln

Gestern feierten wir uns noch
Fuhren unter die Baumbögen
Die das Fest säumen sollten
Dachten wir würden gebraucht
Um den Anger zu verschönern
Wollten uns spaßeshalber
Verkleiden als Pfingstochsen
Oder als Honigkuchenpferde
Vom Waldweg abkommen
Vor einer Dorfkirche stranden
Und von der Liebe singen

Antidote

Tu te fais une peau d'onyx
Tu la plies avec délicatesse
Autour de mon cœur
Et de ma bouche
Je ne suis alors

Qu'une jeune robe
Les jambes en compas
Une chevelure lèvres perdues
Les yeux trop lisibles
Une oiselle

Lorsque la nuit t'agrandit
De ma langue je râpe
Je touche dans le mille
La tendresse noire
De ta pierre

Tu te fais une peau d'onyx
Tu me la contes
De travers

Gegenmittel

Du machst dir eine Onyxhaut
Faltest sie sanft um Herz
Und Mund dann
Bin ich nur

Noch Haar und Kleid
Gleichschenklig jungbeinig
Die Sumpfhuhnaugen
Zu ausgezogen
Lippenlose

Wenn dich ein Traum vergrößert
Kratz ich manchmal
Bei dir an mit der Zunge
Treffe ins Schwarze
Zarten Steins

Du machst dir eine Onyxhaut
Und mir ein X
Für ein Du vor

Chanson d'hiver

On se verra
A la tombée de la neige
Quand les bougies
Se consument
Langoureusement

Fais vaquer la lumière
A la fenêtre fais luire
Jusqu'à ce que la lune
Te couvre

Entends les flocons
Frapper la peau dure
De l'asphalte qui résiste encore
Minuit passé il se rend

Entends l'oiseau
Chanter c'est facile
Lorsque la neige atterrée
Se tait

Winterlied

Wir sehn uns bei Schnee
Und zünden die Kerzen schön
Langsam aus

Lass spielen das Licht
Am Fenster lass
Leuchten noch was
Bis Mond drüber wächst

Hörst du die Flocken
Es fällt sich hart
Auf den Weg der widersteht
Doch nach Mitternacht
Wird er weiß

Hörst du den Vogel
Es singt sich leicht
Wenn Schnee am Boden
Stille hält

Phänomen

Du hängst deine Märchen
An rote Fäden
Wenn sie angeschaukelt kommen
Auf meiner Seite der Welt
Höre ich Worte platzen
Aus Seidenblasen
Die Seife steht dir
Bis zum Kinn
Wo die Krawattennadel hinsticht
Splittert dein Zögern
Reißt kurzfristig Licht
Höfe auf

Phénomène

Tes nombreux contes
Cousus de fils rouges
Viennent aborder mes rivages
J'entends les mots éclater
Dans ta bulle de soie
La mousse t'arrive au menton
Où pique l'épingle de cravate
Ton hésitation se fissure
Ouvre des puits de lumière
Transitoires

II DEUX MÉRIDIENS

Il devrait faire beau

Je marche par les villes rouges et jaunes
Les murs stockent la chaleur
Dans les reptiles
Passant par les ocres
Je monte dans le vent éhonté
Jette un regard du haut de la tour
Sur la place et les ruelles
Je m'assoupis dans le bus
Longeant des merveilles

Lorsque la lune tire la sonnette
La maison se glace plus que prévu
Entre les barreaux
Qu'une main a brasés
En lits improbables
Je ne me réveille que le dimanche
Lorsque les orgues résonnent
De bruits rampants
J'entends ton luth pling pling pling

II ZWEI MERIDIANE

Wo es schön sein soll

Ich gehe durch rote und gelbe Städte mit Mauern
Die Wärme speichern in Echsen geh über Ocker
Hoch in den schamlosen Wind schaue von Zinnen
Herunter auf einen Platz die Gassen
Schlafe im Bus an Wundern vorbei

Schrillt später der Mond wirds kälter im Haus
Als gedacht zwischen handgelöteten Stäben
Die Betten ergeben sollen ich wache am Sonntag
Erst auf wenn Töne aus Orgeln kriechen
Hör ich deine Laute bling bling bling

Tu aurais pu être Orphée

Les lires tombent dans l'appareil
Comme les treize coups du tocsin
Ta boîte vocale me désarçonne

Pour te conter de belles histoires
Je me cache dans une coquille de noix
Navigue à vue dans l'émeraude

Au feulement des mots croisés
Le lac se creuse à midi j'ai peur
Tu m'aurais pleurée sur les touches

Du clavier tu aurais malmené la lyre
Que les animaux entrent en deuil
C'est ça qu'il aurait fallu

Verhinderter Orpheus

Fallen Münzen ins Redeblech
Schlägts dreizehn Lire vom Tathausturm
Entgleis ich dir am Stimmenband

Will ich was zu erzählen haben
Werf ich mich in die Halbnussschale
Trete über den Mittagssee

Wenn es faucht aus Rätselgittern
Furcht sich das Wasser fürchte ich mich
Was hättest du um mich geklagt

Zartbesaitete Tasten behauen die Lyra
Geschüttelt alle Tiere zum Trauern
Gerufen das wäre es wert gewesen

Drôle de cœur

Un homme aiguise ses poumons
Il s'y connait avec la matière
Souffle du feu et de l'air chaud
Veut me contourner les hanches
Reste collé sur le duvet
Je suis l'oie blanche de l'Est
Je n'oserais pas m'avancer
Sur la pente glissante des faunes
Dans l'ascenseur de San Giorgio
Il y en a un qui m'attire
Avec du miel un moineau bossu
Les abeilles et la musique
De Bach lui sont trop familières
La lune en sang fait du charme
J'encercle le Grand canal
J'embarque dans mes pensées
Je lève à ma meilleure année
Un gobelet jetable qui n'a
Jamais vu de plus belle nuit
Je tournoie j'englobe la foule
Lorsque les faunes déchirent l'été
Une peau de verre pousse
Sur ma nuque je perçois
La couche de glace j'aurais pu
Y rester je verse du rouge
Dans ma bouche je sors d'un cube
En carton le breuvage

Herzkasper

Ein Mensch spitzt die Lungen
Er kennt sich mit Gläsern aus
Bläst Feuer und heiße Lüfte
Legt mir was um die Hüften
Bleibt an den Daunen kleben
Ich bin bloß die weiße Gans
Aus dem Osten ich traue mich
Nicht aufs Glatteis der Faune
Im Fahrstuhl von San Giorgio
Maggiore lockt wer mit Honig
Das bucklicht Mönchlein weiß
Vieles von Bienen und Bach
Der Blutmond lüstert kopfüber
Ich fahre in Gedankenkreisen
Rund um den Großen Kanal
Ich trinke auf mein bestes Jahr
Aus Einwegbechern die sahen
Nie schönere Nächte ich dreh
Mich um Achseln fühle Faune
Und Risse im Juli im Nacken
Wächst die Glashaut das Eis
Fast wäre ich draufgegangen
Gieße mir was in den Mund
Rotstrudel aus dem Tetrapack

Un homme chaste

Sans crier gare la mer s'allonge entre
Les lettres et s'y délecte
De philosophie
Seul un mot trace ses lignes sans
Faire de vagues la houle
Ne heurte pas le casier

Il dit allons à Landrellec où crissent
De leur éventail les maisons
Des mollusques
Sous les pieds avant que la lune n'entre
En jeu nous admirerons
Le déroulement

Jusqu'où la marée montera
Monsieur Le Pêcheur comment arriver
De l'autre côté
Nombreux sont ceux qui ne savent pas
Nager si la coquille sombre
Les noix sont jetées

Il dit prudence je suis un chat
Tu n'en sais rien tu risques ta peau
Tu te vitrifieras
Ne fais pas confiance
Aux célestes arcs de triomphe
Leur bigarrure est sans fond

Der Keusche

Das Meer liegt achtlos
Zwischen den Briefen gefällt sich
In Theorie nur ein Zitat
Schlägt Zeilen statt Wellen die wühlen
Im Postfach nichts auf

Er sagt lass uns gehn nach Landrellec
Die Jakobshaushälften dort knirschen
Unter den Füßen ehe der Mond operiert
Wir sehen uns an
Wie es sich aufrollt

Fischer wie hoch steigt das Wasser
Wie sollen wir hinüberkommen
Viele hier können nicht schwimmen
Kentert der Kahn ist das Grauen
Schneller gegessen

Er sagt nimm dich in Acht
Ich bin eine Katze du aber nicht
Du wirst zum Glas
Körper trau den Triumphbögen nicht
Ihr Bunt ist bodenlos

Aber Wrac'h

J'entends la mer s'immiscer
Dans cet autre endroit
Sans tentative de ta part

Le froid se fraie son chemin
De flots naissants plein les bras
La nuit est la cadence du sel

Tu nages à travers la grisaille
Sans t'enraciner nulle part
Ça monte ça monte au ponton

Au-delà des limites moussues
Au dos du mur les frênes
Se fondent dans les flammes

Am Aber

Ich höre den Ozean gleiten
An diesen anderen Ort
Wo du mich nicht versuchst

Kalt drängt es ins Erdreich
Drei Arme Flutkorn
Nacht- und Salzkadenzen

Im Grau verschwimmst du
Schlägst keine Wurzeln
Am Steg steigt es und steigt

Über den Moosgrenzstein
Der Mauer im Rücken
Schmelzen Erlen im Kamin

Dilemme

Contre la brièveté du jour
D'un rectangle éclairé
Nous envoyons les syllabes
Se rencontrer
Dans les eaux dignes
De notre confiance vagabonde
L'écho d'un regard
Comme si l'histoire de toi et moi
Était imminente
Sans avouer nous tournons
Sur deux méridiens
Autour des contrées refroidies
Où nos vies continuent
Une longueur d'onde se brise
Entre les trajectoires

Dilemma

Gegen die Kürze der Tage
Treiben wir in Lichtrechtecken
Silben aufeinander zu
Durch Wasser dem wir vertrauen
Schicken wir ein Echoboot
Das nicht mehr ganz blickdicht ist
Als stünden wir uns bevor
Ohne Geständnisse kreisen wir
Auf zwei Meridianen
Um kaltgewordene Gegenden
Die wir weiter bewohnen werden
Eine Wellenlänge liegt
Zwischen den Umlaufbahnen

Chimère

Je suis ton animal fabuleux
Dans la rivière je brise les digues
Je crée des berges fragiles
Elles se regardent avec stupeur
Je dirige mes plumes vers toi
Je te touche pour t'épurer

Bien sûr je te serai utile
Tu es le bateau solitaire
Qui dérive au-dessus de ma tête
Je te guide à travers l'eau
Sous le bois lourd et revêche
Je nage dans ton désarroi

Un vacillement infime te trahit
On me distingue au fond
Du puits de tes yeux que j'habite
Avec la queue de poisson
Conservée au cas où

Sans moi tu aurais coulé
Désormais tu es ma terre
Reste le bateau porte ma rivière
Toute une bande
D'amants déchus
Doit traverser avant ce soir

Chimäre

Dein Fabeltier im Fluss bin ich
Breche Dämme mache draus
Mürbe Ufer die sich bestaunen
Wende dir meine Federn zu
Taste dich an und läutere dich

Ja du kannst mich gebrauchen
Einsames Boot das auf mir treibt
Unterm rauen schweren Holz
Trage ich dich übers Wasser
Schwimme in deiner Verwirrung

Ein Flackern nur verriete dich
Denn auf dem Grund deiner Augen
Erkennt man mich dort wohne ich
Mit dem einstigen Fischschwanz
Den wir für Notfälle aufbewahrn

Ohne mich wärst du versunken
Nun hab ich ein Land auf dir
Bleibe mein Boot und ertrage mich
Ein ganzes Rudel Königskinder
Muss unbedingt heute noch rüber.

III LUMINOPHORE

Le chef d'orchestre

Tu joues
À quelque chose
De temps à autre
À ailes déployées
Je passe à la trappe
De ton piano
Jusqu'à ce que la queue
De poisson se fende
C'est une musique qui ne se lasse
Jamais de nous
Ta langue d'ange d'antan
Fait semblant
De dormir dans les creux
De mes coudes
Fléchis

III LEUCHTSTOFF

Der Dirigent

Du spielst mir was vor
In unregelmäßigen Abständen
Bei geöffnetem Flügel
Lässt du mich
Über die Klänge springen
Bis der Fischschwanz sich teilt
Das ist Musik
Die unser nie müde wird
Deine Engelszunge
Ist noch die alte
Sie tut so als ob sie schliefe
In den weichgewordenen Kuhlen
Meiner Ellenbogen

Cachette

Nous sommes deux
Beaux esprits de province
Par moment
Nous prenons rendez-vous
Pour nous poser
Dans la verdure décadente
Les bêtes teintées de ronces
Passent à côté sans moucharder
Lorsque nous ratissons
Les matins cléments
En bondissant dans les fougères
Jusqu'à ce qu'il neige
Des spores en juillet
Nous nous gravons les fronts
Avec le lait jaune
De la grande chélidoine
Y inscrivons des mots
Comme Prunelle de mes yeux
Et Homme des bois

Versteck

Wir Schöngeister aus der Provinz
Treffen uns manchmal
Zum Ruhen
Auf runtergekommenem Grünzeug
Dornfarbene Tiere
Gehen an uns vorbei
Ohne uns zu verpfeifen
Wenn wir den freundlichen Morgen
Abgrasen und uns in Farn
Wedel schlagen
Bis es Sporen schneit
In den Sommern
Schreiben wir uns mit Gelb
Milch vom Schöllkraut
Klebriges auf die Stirnen Worte
Wie Augen
Weide und Waldschrat

Insouciance

Tu crois toujours à la légende
Du jardin que je suis
Tu penses que c'est toi la forêt
Tu connais mal mes abîmes
Désormais je sais fabriquer
Des broderies de sorcière
Je suis certaine que tu restes
Me guetter sous le merisier
Dans les débris de l'herbe
Comme si la lune ne t'avait pas
Avalé je t'appelle mon salut
Impertinent

Dans le réduit

Va te coucher
Avec la lourdeur de ton corps aveuglant
Je deviens vent sous ton joug

Près de ton cuir chevelu étincelle
La glace des flocons
Téméraires

Ton menton ne sort pas de l'ombre
Viens me fermer les yeux
Avec tes paupières

Übermut

Mich hältst du immer noch für den Garten
Und dich für den Wald
Du kennst meine Finsternis schlecht
Ich kann jetzt Hexenstich
Ich weiß dass du unter Schlehenbüschen
Auf Grasscherben sitzt als
Habe dich niemals der Mond geschluckt
Du loses Heil

Im Gelass

Leg dich schlafen
Mit deiner Schwere dem Gleißkörper
Bis ich rausche vor Last

Über der Kopfhaut funkeln dir
Tollkühne Flocken
Aus Eis

Dein Kinn bleibt im Schatten liegen
Schließ mir die Augen
Mit deinen Lidern

Fête des voisins

Leur éclat se répond longuement
Au-dessus des lattes du bar
Sur les cicatrices du sol où l'herbe
Ne pousse guère ils dansent
Ensemble mais luisent trop longtemps
Ils ne se sont pas choisis
Ils boivent jusqu'à tomber à terre
Coincés entre les jambes
Des tables il se demandent que faire
De leurs bouches pleines
Les têtes se rapprochent
Malgré les langues desséchées
Comme de l'oseille collées aux palais
Ils se réveillent sous la toux
Et entendent de loin la vielle
Des sauterelles conter fleurette
La rotule se dérobe à l'emprise
Les empreintes s'effacent
Dans cinquante ans ou demain
On se reverra auprès des agnelets
Les loups blancs
S'installent pour un laps'
Us et coutumes temporaires

Jubiläum

Manche leuchten sich lange an
Über den feuchten Latten des Ausschanks
Über den Narben im Boden
Wo kaum Gras wächst tanzen sie
Leuchten zu lange und meinen sich nicht
Trinken sich unter die Tische
Bleiben zwischen Metallbeinen klemmen
Sehen sich sitzen und fragen was
Machen wir jetzt mit den Vollmündern
Ihre Köpfe kommen sich nah
Trotz der am Gaumen wie Sauerampfer
Festgekleisterten Zungenflügel
Dann wachen sie auf und husten sich was
Hören von ferne die Fideln
Der Heupferde Süßholz raspeln
Ziehen die Kniescheiben aus
Fremden Griffen löschen Fingerabdrücke
In fünfzig Jahren oder schon
Morgen sieht man sich bei den Lämmchen
Wohnen zeitweise Weißwölfe

Instant minuscule

Au zénith du mois d'août nous nageons
Entre champs dès la récolte
Nous nous débarrassons de nos bagues
Les faisons couler dans le blé
En mettons d'autres avant l'adieu
Conçues pour tenir douze lunes
Elles sont lourdes elles exigent
D'être portées tels les enfants épuisés
D'une nuit à l'autre
Les nuages de cardamine des prés
Libèrent des cerfs-volants
Vers le ciel ils pénètrent
La stratosphère avant de se fondre
Dans la couche d'ozone
En tant que poussière de papillon
Voltigent à travers le cosmos
Entre les débris spatiaux
Les fils s'arrachent de nos mains
Chacun perdu en sa demeure
Nous battons de l'aile
De gauche à droite injoignables
Malgré la fibre tout juste installée
Longtemps empêchés d'écrire
Par nos canaux carpiens
Maints blocages nous affectent
Jusqu'à ce que l'été revienne
Et nos messagers fidèles
Comme d'habitude je leur fais signe
Leur tends une carte d'état-major
Tu y cocheras la parcelle
Où j'attendrai le zénith du mois d'août

Kleine Zeit

Auf dem Scheitel eines Augusts
Schwimmen wir zwischen die Felder
Sobald die Ernte beginnt streifen wir
Alte Ringe ab werfen sie furchtlos ins Korn
Legen zum Abschied neue um
Die müssen zwölf Monde halten sie wiegen
Schwer und wollen wie müde Kinder
Getragen werden von einer Nacht
Zur anderen fliegen Drachen aus Wiesen
Schaum zu hoch in den Himmel
Landen in der Stratosphäre
Lösen sich auf im Ozon taumeln
Als Falterfragmente durch den Weltraum
Zwischen Satellitenschrott
Die Schnüre reißt es uns aus der Hand
Wir flattern fahrig hin und her
In unseren echten Häusern
Sind über Glasfasern nicht fassbar werden
Lange Zeit am Schreiben gehindert
Von Karpaltunnelsyndromen
Blockaden wie sie in Büchern stehen
Befallen uns aus dem Nichts
Bis es wieder Sommer wird und
Wir uns Boten bestellen denen gebe ich
Einen Wink und die Wanderkarte
Der nächsten Umgebung dort kreuzt du
Das Flurstück an wo ich warten soll
Auf dem Scheitel eines Augusts

Fauchage

Tout enfant le sait
Les fleurs bleues
Sont éphémères
Lorsque le blé est coupé
Les batteurs se taisent
Le gibier se réfugie
Dans les sous-bois
Impénétrables des corps
Fouillent la terre
En attendant l'ultimatum
Lancé au colza
Le mercure tombe
Avec ses tiges
Aux pieds des bornes
On sent à hauteur de hanche
L'odeur des graines
De poussière se mêler
Aux coquelicots
Le vent balaie à travers
Le village la nuit
Les têtes de pavot éclatent
La lune se fissure

Mahd

Blaue Blumen sind endlich
Jedes Kind weiß es
Wenn sie das Korn holen
Wenn die Drescher
Verstummen schlägt Rot
Wild sich in Büsche
Wo es ganz dicht ist
Wühlen Leiber Erde auf
Fühlen die Galgen
Fristen des Rapses wir lesen
Den Temperatursturz
Unweit des Ortsschilds
An seinen Beinen ab
Wenn sie ihn kleiner kriegen
Stinkt es in Hüfthöhe
Lange nach Staub Mohn
Weht durchs Dorf
Lässt nachts die Kapseln
Platzen gehupft wie
Gesprungen der Mond

IV OMBRE CRIANTE

Vaisseau fantôme

Moi aussi je connais un vieillard ailé
Il me hante quand il décroche
Un an sur sept uniquement
Un tête-à-tête auprès du journal local

Je le connais ce misérable muet
Assis dans sa tour de verre
Il projette les éclats glacés
De nos préhistoires

Il crée des chants tonitruants à propos
De mon pays et du château à peau blanche
En bord de rivière où il imite
La Belle au Bois dormant

D'autres filles tournent leur rouet
J'attends parmi les bourgades enlierrées
Dans des chemins de terre
De plus en plus chauds

Le silence de ce marin d'eau douce
Tel une brise surgit
A mon oreille qui connaissait
Le bruit bleu de la tempête

IV LAUTER SCHATTEN

Vaisseau fantôme

Ich kenne auch einen Fliegenden
Geisternden Alten der nur aller sieben Jahre
Ein Stelldichein bei der Zeitung hat

Einen elenden Schweiger kenne ich
Der sitzt in der Glasburg und wirft mit Eis
Splittern aus unsrer Steinzeit

Der dichtet laute Lieder über mein Land
Vom weißhäutigen Schloss am Fluss
Wo er Dornröschen spielt

Andre drehen am Spinnrad während ich warte
Zwischen Efeudörfern auf mit den Jahren
Immer wärmer werdenden Wegen

Der Sturm dieser schweigenden Landratte
Weht manchmal mir noch als Lüftchen ums Ohr
Das blaues Brausen gewohnt war

Remembrement

La route zigzague dans le vide brûlant
Tandis que les machines agricoles
Tracent des lignes divergentes
Dans les journées parallèles

Debout là-haut près du sentier
Tu bordes les clochettes exclues
Sous les rubans sous tension
Un léger sifflement
Lorsque ta main approche
Tes vieux terrains de chasse

Le fumier grandit sur le champ
Il pousse dans ta clairière
Jusqu'aux fenêtres des maisons
Pointe son nez

Tu ne passes plus partout
Aux bords des chemins effacés
La vue se heurte aux tas de bois
Cachant les arbres encore vivants
Les tours de guet désaffectées

Jadis tu versais l'or de tes vers
Sur les plumes du faisan dans la cage
Ce n'était jamais le même oiseau
L'aimable voisin en mange un par an

Dans les enclos défraichis
Les veaux sans maman
Ecarquillent les yeux comme avant

Flurbereinigung

Die Straße wirft ein S ins leere
Licht Maschinen spuren Geraden in Tage
Die schneiden sich nie

Du stehst weiter oben am Rain
Grenzt an ausgesperrte Glocken
Blumen vor Bändern die Schläge versetzen
Das gibt einen sirrenden Ton wenn du
Die Hand in alte Jagdgründe hältst

Mistansammlungen gehen über Land
Wachsen in deine Lichtungen
Reichen den Häusern ans Fensterkreuz
Riechen rein

Du kommst nicht mehr überall durch
An den Rändern gelöschter Wege
Liegen Holzstöße im Blick
Auf noch lebende Bäume entlegene Feuer
Wachtürme außer Dienst

Dem Fasan in der Voliere
Hast du mal Gold an die Schwanzfedern
Gedichtet es war nie derselbe der nette
Nachbar isst jedes Jahr einen auf

Wie damals gucken die Kälber
Mutterlos groß
Aus Baracken

Aucun risque

Cherchons l'aiguille de boussole
Creusons les sols lorsque l'été
Se crispe nous remballons l'herbe
Cueillons le grain de poussière
Des moquettes

La rouille se love dans le poirier
Tel un oiseau de mauvais augure
Autour des granges les arbres
Ne comptent plus
Leurs feuilles brisées

Nous ne tombons d'aucun ciel
N'échouons nulle part
Nous arpentons la terre ferme
Où les nuages se tassent
Dans le foin

No risk

Wir rollen die Gräser zusammen
Wenn der Sommer sich ballt
Graben nach Kompassnadeln
Lesen Staubkorn
Vom Teppichboden

Im Birnengitter rosten Kringel
Die könnten ein bitteres Omen sein
Die Bäume schreiben ihre Blätter
Schon in den Wind
Um die Scheunen

Wir fallen aus keinem Himmel
Werden nirgends angeschwemmt
Krebsen auf Festländern rum
In hohen Haufen
Wolken aus Heu

Feu et charbon

Tu n’es pas parti sous les étoiles
Auprès de toi la nuit perd la vue la lune
Se pétrifie tremblant à grand cris
Tant elle craint l’animal endormi en toi

Au-dessus de ta tête planent
Trop tranquilles les feuilles indolentes
La pluie bruit dans tes veines
Les lucioles virevoltent à travers
Tous les jardins que tu as noircis

Sous les arbres tu posais ton ombre
Lors de nos heures loin des bougies
Tu ignores le taux de sel
Dans mes cheveux les mots tu les as

Doucement léchés sur mes lèvres
Jusqu’à ce qu’il n’y en ait plus
Tu les enfouis dans les broussailles
Nul ne les retrouvera
Aucun ne repoussera

Tu n’es pas parti sous les étoiles
Tu passes effacer la lumière
En contrepartie tu poses la braise
De ton ombre criante sous mes arbres

Feuer und Kohle

Du bist nicht unter die Sterne gegangen an dir
Wird die Nacht blind und der Mond wird Stein
Zittert laut vorm schlafenden Waldtier in dir

Die trägen Blätter über dir halten zu lange still
Regen raschelt durch deine Glieder Glühwürmer
Gaukeln durch Gärten die du geschwärzt hast

Du hast deinen Schatten unter die Bäume gelegt
In unseren kerzenlosen Stunden du kennst
Den Salzgehalt meines Haars nicht hast Worte

Mir weich aus dem Mund geleckt bis keine mehr
Da warn warfst sie ins Waldgesträuch wo niemand
Sie finden kann es wächst kein einziges nach

Du bist nicht unter die Sterne gegangen das Licht
Löschst du im Vorbeigehen legst mir dafür deinen
Lauten schwelenden Schatten unter die Bäume

Trompe-l'œil

La fête finie tu te retires sous ton sapin
Tu me fais marcher en bordure
De jolies maisons à moitié désertes
Autour de la place où règne le froid
Des femmes en tabliers colorés
Telle la pluie les tuiles tombent
Des toits et les pantoufles des pieds

Se profile une nouvelle tempête
Qui porte un nom enchanteur
Ses rafales ébouriffent la forêt en noir
Et blanc elle arrache les bouleaux
Brins d'herbe de la terre
Nous nous y donnions rendez-vous
Là où les arbres tronc à tronc
Traçaient encore une allée

Toujours en retard sur les trottoirs
J'arpente la ruelle quand tu la quittes
De ta hauteur regarde-moi
Passer en bas
Les mains vides

Trompe-l'œil

Nach Festende ziehst du zurück unter deine Tanne
Narrst mich im Weichbild
Halbleerer Häuser am Marktplatz
Wo kalte Frauen in bunten Schürzen wohnen
Manchmal fallen Ziegel wie Regen von Dächern
Pantoffeln von Füßen wenn

Wieder ein Sturm kommt
Der einen freundlichen Namen trägt
Den schwarzweißen Wald zaust die Birken
Stängel aus der Erde ruft
Wir trafen uns dort als die Stämme noch standen
Dicht an dicht in Alleen

Auf Bürgersteigen bin ich immer zu spät
Ich komme erst durch die kahle Gasse
Wenn du gegangen bist
Von deiner hohen Warte aus
Kannst du mich unten vorbeilaufen und
Leer ausgehn sehen

La calèche du roi

Elle était blanche elle avait un toit
Tu l'appelais ta jument
Elle n'avait aucun sabot
Tu les imaginais tout comme
J'ai inventé la couronne
Qui te monta à la tête

A son approche j'étais en danse
La neige parfois l'empêchait
D'emprunter les virages ruraux
Le radiateur me gravait alors
Une lame d'excuse dans le genou

Sous les conifères
Elle nous portait et se taisait
Je me glissais dans son ventre
Pour me sentir toute petite
Une fois je voulais la poursuivre

Entre couloir et cimetière
Lui couper la route
Avec deux belles jambes
En guise de ciseaux
Or elle était plus rapide
Plus innocente que moi

Königs Gefährt

Weiß war es hatte ein Dach
Du sagtest Pferd zu ihm doch Hufe
Hatte es keine die stelltest du
Dir bloß vor wie ich mir die Krone
Die dir zu Kopfe stieg

Nahte es hüpfte was in mir
Manchmal hinderte es der Schnee
Dem Land in den Kurven zu liegen
Dann schrieben die Heizkörper
Rippen mir Sorry ins Knie

Es brachte uns unter Nadelbäume
Da stand es dann hielt still
Ich schlüpfte ihm in den Bauch
Wurde sehr klein darin
Einmal lief ich ihm nach

Wollte ihm den Weg abschneiden
Mit zwei Beinen in der Hand
Zwischen Flur und Friedhofstor
Nur war es viel schneller
Und weißer als ich

Allerheiligen

Venus wächst
Durch die Ritzen späterer Stunden
Kerbt sich ins Dorfdach Fallobst klebt an den Ästen
Scherenschnitte tauchen ins Mondlos
Wir gehen zurück ins Haus
Klauben Spieldosen aus wurmstichigen Truhen
Glauben gerne wieder an Wesen
Die Federn an hängende Schultern heften
Viele halten die Kälte schneefreier Nächte nicht aus
Werden befallen von Fiebern
Von offnen Geheimnissen vormittags
Wenn die Kronen langsam durchschaubar werden
Tanzt sichs unbändig unter Blättern
Denen Gold in den Adern gefriert

Toussaint

Vénus traverse les fêlures des heures
Se grave dans le toit du village et tombe
Dans le verger les fruits collent aux branches
Des ombres chinoises plongent dans l'absence
De la lune nous rentrons chez nous pour extirper
Des boîtes à musique hors des malles abimées
Croyons encore aux êtres qui nous attachent
Des plumes à hauteur de nos épaules fatiguées
Beaucoup n'en peuvent plus du froid des nuits
Sans neige fièvres et secrets de polichinelle
Avant midi les assaillent les cimes deviennent
Diaphanes dansons la java sous les feuilles
Dont l'or transi éclate les artères

V VERS L'OBSCURITÉ

Requiem

Les planètes froides te rattrapèrent
Dans l'ombre des flocons que je connaissais
Les draps blancs avaient flotté
Ton épouse n'avait cessé de laver
Malgré les douze nuits hantées
Navré et déguisé en berger
Tu devais chanter seul en l'absence
D'un chœur d'anges adéquat
Tous écoutaient ta voix de basse
Vibrer dans le vide de la place du marché
Jusqu'à la rivière en contre-bas
On devinait le cantique du Seigneur
Celui qui déchire les cieux
Et libère les sphères couronnées
Afin qu'elles traversent en lumière roulante
Les rues de la ville matinale
La douzième faucilla ton front
Tes pieds en tombant perdirent la mesure
Ils durent à plusieurs te porter
Pour que tu gardes l'équilibre
Entre la vie et la mort as-tu plaisanté
J'espère que l'infirmière était belle
Et qu'avant ton crépuscule
Tu lui glissas un compliment
Tu gis sur le ventre dans le vent des flocons
Le souffle des planètes froides se leva

V BIS DU SCHWARZ WIRST

Requiem

Kühle Planeten holten dich ein
Im Schneeschatten den ich gut kannte
Hatten die Laken geweht
Dein Weib konnte das Waschen nicht lassen
Zwischen den Raunächten du
Hattest dich an den Feiertagen
Aus Verzweiflung als Hirte verkleidet
Sangst einstimmig in Ermangelung
Angemessener Engelchöre
Alle lauschten bis zum verlassen
Stehenden Markt bis hinunter zum Fluss
Dröhnte dein Bass ins Lied
Vom Heiland der Himmelbahnen zerfetzt
Durch zwölf Morgen und Straßen
Rollten Kugeln mit Kränzen dran Licht
Kegel streiften im Städtchen umher
Sichelten dir in die Stirn
Als du mit den Füßen nach Tönen rudernd
Durch die Tür aus dem Haus fielst
In Wahrheit mussten sie dich tragen
Es waren mehrere nötig
Um dich in der Schwebe zu halten
Du hast vielleicht einen Scherz gemacht
Oder der Ärztin ein Kompliment
Ich hoffe für dich dass sie schön war
Dann dämmerte dir der Atem
Du lagst auf dem Bauch im Schneewind
Kamen die kühlen Planeten geflogen

Jugement avant-dernier[1]

Les mains des mourants s'agrandissent
Comme des étrangères
Elles s'étalent comme des cartes
Au-delà de la peau

Les lumières du corps se consument
Dans la chlorophylle l'espoir
Est jonché de membres tu ne vois plus
Ni homme ni femme

Le feu balaie les nuages sous les paupières
Sans un bruit un reste d'oxygène
Part entre les ailes
Du nez

Un cœur qui a tant battu est encore
Tiède comme un oiseau
Il ignore dans quelle case
De la poitrine il s'éteint

---

[1] Une première version allemande de ce poème inspiré par le tableau *Finis* de Christian Rohlfs a été publiée et enregistrée pour l'audioguide dans le cadre de l'exposition *Körperbilder* (Le corps en images) au Musée Wilhelm Hack de Ludwigshafen am Rhein en coopération avec la revue littéraire allemande *Wortschau*.

Junger Tag[2]

Sterbenden werden die Hände groß
Als hätten sie nie dazugehört
Liegen sie landkartenglatt
Jenseits der Haut

Der Leib verschimmert im Chlorophyll
Die Hoffnung ist übersät
Mit Gliedern keiner kann sehn
Ob Menschin ob Mensch

Feuer fegt Wolken weg unter Lidklappen
Lautlos fahren Sauerstoffreste
Ab durch die Nasen
Flügel breit aus

Vom vielen Schlagen ist ein Herz noch
Vogelwarm es weiß nicht
In welchem Brustfach
Es aufgehört hat

---

[2] Eine erste Version dieses Gedichtes zu Christian Rohlfs Gemälde „Finis" wurde im Rahmen der Ausstellung „Körperbilder" des Wilhelm-Hack-Museums Ludwigshafen am Rhein in Kooperation mit der Zeitschrift „Wortschau" veröffentlicht und für den Audioguide eingelesen.

Récital pour un enterrement

Encore je te vois surgir de la neige
Chasser le froid de tes manches
D'un geste habituel
Tu me glissas dans la poche
Un ange tardif en terre cuite
Censé m'aider à résoudre ton énigme
Avant sa disparition le soleil
De grâce se figeait aux miroirs
Des mares à incendie qui t'étaient
Familières tu avais fait le tour de toutes
Les questions tu débordais en hiver
Du feu que tu avais sous les mains
Les gens te pardonnaient alors
Tu passais par les ponts menant
Aux maisons pour livrer des lettres
A travers les fenêtres les portes s'ouvraient
Tu étais là pour chanter des airs
Comme celui qui aime va franchir la mort
Les femmes fondaient en larmes
A l'occasion je te rendais des strophes
On t'appelait pour conduire le deuil
Lors des obsèques des paysans
Tu lorgnais d'en haut les villageois
Qui sillonnaient en noir
Les sentiers entre les haies
Puis les cloches se mettaient à sonner
Et on te faisait signe

Beerdigungsdienst

Ich weiß noch wie du den Schnee übergingst
Wie du die Kälte vom Ärmel klopftest
Mit einer bestimmten Bewegung
Mir einen verspäteten Engel aus Terrakotta
In die Manteltasche schobst
Mit dem ich dein Rätsel lösen sollte
Unsere Gnadensonne die es nun nicht mehr gibt
Ging auf in geronnenen Spiegeln von Feuer
Löschteichen der Dörfer die kleinen
Wasser unterm Eis kannten dich gut du warst
Mit ihnen gewaschen besonders im Winter
Tratest du über Ufer und unter der Hand Töne los
Dann trugen die Leute dir weniger nach
Du brachtest Briefe über die Brücken
Die zu den Häusern führten pochtest an Fenster
Gingst durch Türen manchmal standest du
Da und sangst so nimm denn meine Hände
Dann weinten die Frauen und ich
Warf dir eine Zeile zurück bei Gelegenheit
Sie riefen dich wenn ein Bauer betrauert wurde
Du schautest von oben herab du sahst
Wie meistenteils schwarze Menschenzüge
Zwischen die Hecken glitten
Dann fingen die Glocken zu läuten an
Dann gaben sie dir ein Zeichen

Jour de l'an

Moi debout sous la voie lactée
Parmi les croix sages à minuit
Lorsque les fusées d'artifice
Quittent les bourgades voisines
Aspergent la colline de gerbes

Ma respiration vrille en blanc
Entre chemins et sentiers battus
Qui ne gèlent plus qu'à l'ourlet
Au lieu du calme de la neige
Le bruit des cailloux à mes oreilles

Geste ample

Tu es un foulard de soie
Tapis sonore en sourdine
Qui par moment
Se laisse flotter

Tu m'as tenue
Comme un sermon
Quand les syllabes étaient
Encore des heures

Tes mots sont partis
Dans la lune
La nuit les enlève
Du temps

Neujahr

Stehe ich unter der Milchstraße
Zwischen kreuzbraven Steinen mitter
Nachts kann ich Feuerwerkskörper
Aus Nachbarorten steigen
Und den Hügel besprühen sehen

Treibt mein Atem weiß geringelt
Über Brachen und Trampel
Pfade frieren die Wege nur am Saum
Knirscht der Kies in den Ohren
Statt des stillen Schnees von gestern

Große Geste

Du bist ein Klang
Teppich ein leises Tuch
Das ab und an weht

Du hast mich gehalten
Wie eine Predigt als Silben
Noch Stunden waren

Dein Reden steht
In den Sternen die Nacht
Nimmt es aus der Zeit

Succession

Les bouches s'affolent
De bourg à bourg
Les pies se dégèlent
Crient sur les toits

Des paniers à linge
Bourrés de sagesse
Des kilos d'encre osée
Mes lettres bleues
S'envolent
Ne se couchent pas

Sur le papier du testament
Pour mieux te suivre
Sous tes pissenlits
Les pies s'en moquent

Nachlass

Der Buschwindfunk
Schreits über die Brachen
Zwischen den Dörfern
Der Buchfink taut auf
Pfeift von drei Walmdächern

Volle Waschkörbe weise
Wortgruppen Wagen
Ladungen an gewagten
Blaustaben ach du
Meine Tinte fliegende

Blätter stehen in keinem
Letzten Willen werden
Dir folgen übern Jordan
Den Finken geht das vorbei
An den Hinterfedern

Rêve

J'étais chez moi pour quelques jours
J'ai traversé le cimetière
En haut de l'église je t'ai cherché en vain
La maison est en vie ma chambre
N'existe plus la salle d'eau a pris sa place
Du carrelage couvre les planches
Une douche remplace le canapé-lit
Tu entres en coup de vent peu importe
Que ce soit aujourd'hui ou jadis
Les souvenirs sont des feuilles
D'artichaut autour de cœurs mous
Tu es une bourrasque givrée
La pluie t'a porté jusqu'ici
Dans la chemise blanche prêtée
Par quelqu'un d'en haut en échange
De ta cravate à la lyre brodée
Tu aurais dû la porter dans la tombe
Au paradis tu l'as retrouvée
Enroulée autour d'un pommier
Ils s'ennuyaient à mourir
Ceux qui jouaient à Eve et à Serpent
Ils t'ont confié le rôle d'Adam
Soudain tu as pensé à moi
Au point d'intervertir les années écoute
Dans le couloir les pas des parents
Cache-toi dans un coin
Le temps qu'ils s'éloignent
Rejoins-moi sur les ressorts brisés
Je ne sais si tu m'attrapes
Ou m'as embrassée pour de vrai
Car tu es mort et je ne suis plus
Jeune fille

Traum

Ich war eine Weile daheim
Ging über den Friedhof suchte dich
Unterm Kirchdach aber da warst du nicht
Mein Haus ist am Leben mein Zimmer
Gibts nicht mehr das Zweitbad
Wurde gebaut auf Dielen kamen Kacheln
Wo das Schlafsofa stand ist die Dusche
Du schneist trotzdem hier herein
Ob damals ob heute ist unerheblich
Erinnerungen sind Artischocken
Schalen um weiche Herzen
Du bist aus gefrorenem Wind gemacht
Regen hat dich heruntergetragen
Im weißen Hemd das hat dir einer
Von oben geliehen du tauschtest es ein
Gegen den Lieblingsschlips mit der Lyra
Mit dem man dich hätte begraben sollen
Du fandest ihn wieder im Paradies
Um einen Apfelbaum geschlungen dort
Starben sie vor Langeweile
Als sie Eva und Schlange spielten
Musstest du der Adam sein
Auf einmal dachtest du an mich
Schichtetest ein paar Jahre um
Höre die Eltern gehen im Gang verbirg
Dich in der Ecke bis sie fort sind
Leg dich zu mir in gesprungene Federn
Ob du nach mir greifst mich geküsst hast
Weiß ich nicht du bist ja tot
Und ich bin kein Mädchen mehr

Äpfel

Nachwort

Das letzte Gedicht dieses Bandes, des nunmehr zweiten von Franziska Beyer-Lallauret, ist ein „Traum" – möglicherweise nicht von ungefähr. Hier äußert sich ein Ich, das für „eine Weile daheim", bei den Eltern, dort aber nicht mehr zu Hause ist. Heimlich sucht dieses Ich nach einem rätselhaften Toten: „Ob du nach mir greifst mich geküsst hast / Weiß ich nicht du bist ja tot / Und ich bin kein Mädchen mehr." Während der Entstehung des Bandes hat dieser „Traum" mehrere Überarbeitungen erlebt. Es gibt da einen Bruch, eine Verwunschenheit, eine Sehnsucht, einen leisen Witz auch über das Paradies, dort „Starben sie vor Langeweile", wie es heißt. Die Fakten wollen nicht recht zusammenpassen, wie im echten Traum. Das ist die Grundstimmung des ganzen Buches.

Die Gedichte sind in zwei Sprachen geschrieben, Deutsch und Französisch. Die äußere Voraussetzung dafür ist, dass die in Mittweida geborene und in einem Pfarrhaus in der sächsischen Provinz aufgewachsene Autorin seit vielen Jahren mit ihrer Familie nahe Angers im idyllischen unteren Loire-Tal lebt. Franziska Beyer-Lallauret ist deshalb noch keine französische Dichterin geworden. Die Texte dieses Bandes entstanden in der Regel zuerst auf Deutsch. Aber schon wenn wir das Buch aufschlagen und des hintersinnig arrangierten ersten Gedichtes ansichtig werden, dämmert es uns, dass sich beide Sprachen gegenseitig ergänzen. So nimmt der hier wie in dreizehn weiteren der insgesamt 36 Gedichte verdeckt oder überdeutlich sichtbare Mond in der deutschen Fassung ab, in der französischen zu.

Falterfragmente, *poussière de papillon* – Schmetterlingsstaub; im Französischen sind „Falter“ und „Schmetterling“ synonym. Beide Titel entsprechen sich nicht in Gänze, da die poetische Alliteration im Wort *fragments* gestört wäre. Das ist in mehrfacher Hinsicht bezeichnend für das Schreiben von Franziska Beyer-Lallauret. In vielen ihrer Gedichte pflegt die Autorin einen zarten, dem französischen *calembour* ähnlichen, ungemein poetischen Wortwitz, wie beispielsweise am Ende von „Mahd“: „Mohn / Weht durchs Dorf / Lässt nachts die Kapseln / Platzen gehupft wie / Gesprungen der Mond“. Hier ergeben sich noch dazu ganz typische Anmutungen von Binnenreim in einer insgesamt sehr verschränkten, satzzeichenlosen Textur.

Die französische Version, „Fauchage“ betitelt – es wäre zu kurz gegriffen, von einer Übersetzung oder Umdichtung zu sprechen –, die im konkreten Fall einer ganz anderen Versstruktur und Rhythmik der Bilder folgt, ist dagegen elegant und klar: „Le vent balaie à travers / Le village la nuit / Les têtes de pavot éclatent / La lune se fissure“. Man kann sich durchaus mit einer der beiden Versionen zufriedengeben, zumal Beyer-Lallauret unheimlich inventiv mit Komposita – typisch deutsch sozusagen – umgeht. „Halbnussschale“ oder „Rätselgitter“ erweisen sich indes als wörtliche deutsche Übertragungen von „coquille de noix“ und „mots croisés“ – also Kreuzworträtsel – in „Verhinderter Orpheus“ bzw. „Tu aurais pu être Orphée“. Hier hat die Zweitsprache bereits zurückgewirkt.

Der Ton des Buches ist zumindest aus dem Schlusskapitel des 2015 erschienenen Vorgängers *Warteschleifen auf Holz* bekannt, das auch schon Übertragungen, wenngleich nicht so eigenständige, enthielt. Häufig spricht ein Ich zu einem Du, die Wir-Sequenzen beziehen sich zumeist auf diese beiden personae, wie die Königskinder, die zueinander nicht kommen können. Zusammen mit dem märchenhaften Grundton, den von Licht-Schatten-Kontrasten, Ernte-, Herbst- oder Winterbildern und synästhetischen Effekten grundierten Tableaus, die die Autorin malt, lässt das die Vermutung zu, dass wir es mit einem Buch voller Liebeserklärungen zu tun haben. Die „Verführung" betitelte Coverillustration scheint dies zu bestätigen. Überhaupt setzen die intensiven Farbkontraste in den von Rot- und Blautönen dominierten Bilder der Düsseldorfer Malerin und Poetin Johanna Hansen Akzente. Drei der Werke entstanden in direkter Auseinandersetzung mit den Gedichten des Bandes. „Nachtfalter, Mond und Mohn" wirken wie dem Gedicht „Mahd" bzw. „Fauchage" entschlüpft. Mondsichel und Schmetterling kommentieren die Texte, Pflanzengewimmel und Blumenmotive unterstreichen die ihnen innewohnende Leidenschaft und reißen sie aus ihrer Melancholie. Mit der Verwendung von Handschriftlichem gibt sich die Künstlerin auch als dem schreibenden Fach zugehörig zu erkennen.

Konkrete Bezüge wie noch im Debütband, etwa zur sächsischen Herkunftsregion – „Ich bin bloß die weiße Gans / Aus dem Osten", wie es in „Herzkasper" heißt –, finden sich im neuen Band selten. Eher stellen die *Falterfragmente*, stellt *Poussière de papillon* eine Sublimierung des Dorfes, des Ländlichen per se dar, wozu ein „Versteck" oder eine „Fête des voisins" – im Deutschen „Jubiläum" betitelt – genauso passt wie eine „Flurbereinigung" oder der kleine, in der nahen Bretagne gelegene Meeresarm „Aber Wrac'h", woraus die deutsche Version „Am Aber" macht. Motivisch wie sprachlich liegt hier so etwas wie ein Buch der Ankunft in einer Art Zwischen-Land vor: So, wie im Prologgedicht nur auf Deutsch und Französisch ein Vollmond entsteht, ergeben die fünf auch ästhetisch streng komponierten Zyklen à sieben Gedichte erst in beiden Fassungen das ganze Buch.

Und schließlich ist da noch der Tod. Das letzte Kapitel „Bis du schwarz wirst“ – im Französischen Richtung Dunkelheit, *vers l'obscurité*, gewendet, setzt mit „Requiem“ und „Beerdigungsdienst“ nicht nur einen Schlusspunkt. Es ist eine Art Heimkehr, im doppelten Sinn – zu den heidnischen „Raunächten“, dorthin, wo der christliche „Heiland“ die „Himmelbahnen zerfetzt“ und einer „so nimm denn meine Hände“ singt. Heimkehr und Abschied – von der deutschen Herkunft? „Mein Haus ist am Leben mein Zimmer / Gibts nicht mehr“. Wie im Traum.

Patrick Wilden
Dresden, August 2022

Commentaire

Le tout dernier poème de ce deuxième recueil de Franziska Beyer-Lallauret s'intitule « Rêve » – et ce n'est sans doute pas un hasard. Il dépeint une personne qui retourne chez ses parents « *pour quelques jours* », mais qui n'y est plus vraiment chez elle. En cachette, cette protagoniste est à la recherche d'un mort mystérieux : « *Je ne sais si tu m'attrapes / Ou m'as embrassée pour de vrai / Car tu es mort et je ne suis plus / Jeune fille* ». Au cours de l'élaboration du recueil, ce « Rêve » a subi plusieurs remaniements. On y trouve tout à la fois brisures, enchantements, nostalgie, voire une douce plaisanterie sur le paradis (« *Ils s'ennuyaient à mourir* »). La réalité est distordue, tout comme dans un véritable rêve. Voici donc l'ambiance générale du livre.

Les poèmes sont écrits en deux langues, l'allemand et le français. En effet, l'auteure, née à Mittweida en Allemagne de l'Est et ayant grandi dans un presbytère de la Saxe rurale, vit depuis de nombreuses années avec sa famille à côté d'Angers, non loin de l'idyllique Vallée de la Loire. Franziska Beyer-Lallauret n'est pas pour autant devenue une poétesse française. En règle générale, elle a d'abord rédigé les textes de ce recueil en allemand. Mais dès que nous ouvrons le livre pour découvrir le premier poème, arrangé avec subtilité, nous nous rendons compte que les deux langues se complètent mutuellement. Tout comme dans treize des trente-six poèmes, la lune y est dépeinte tantôt de façon cachée ou au contraire ostensible. Notons qu'elle diminue dans la version allemande et augmente dans la version française !

Falterfragmente, poussière de papillon; en français, « Falter » et « Schmetterling » sont synonymes. Toutefois, les deux titres ne se correspondent pas totalement, car l'allitération poétique serait perturbée par la traduction littérale *fragments*. Cela est emblématique à plus d'un titre de l'écriture de Franziska Beyer-Lallauret. Dans nombre de ses poèmes, l'auteure cultive un jeu de mots tendre, incroyablement poétique, assimilable au calembour français, comme par exemple à la fin de « Mahd » : « *Mohn / Weht durchs Dorf / Lässt nachts die Kapseln / Platzen gehupft wie / Gesprungen der Mond* ». Il en résulte des impressions de rimes intérieures dans une langue globalement très entrelacée et sans ponctuation.

La version française, intitulée « Fauchage » – il serait réducteur de parler ici de traduction ou de réécriture – comporte une structure de vers et un rythme des images totalement différents, et le résultat est élégant et limpide : « *Le vent balaie à travers / Le village la nuit / Les têtes de pavot éclatent / La lune se fissure* ». On pourrait en apparence se contenter d'une seule des versions, d'autant plus que Franziska Beyer-Lallauret fait preuve d'une inventivité inouïe avec les mots composés – ce qui est un procédé typiquement allemand. « Halbnussschale » ou « Rätselgitter » s'avèrent par contre être des transpositions littérales de « *coquille de noix* » et de « *mots croisés* » cf. « Verhinderter Orpheus » / « Tu aurais pu être Orphée ». Ici, la seconde langue a exercé une influence sur la langue maternelle.

La tonalité de ce livre est dans la continuité du chapitre final du précédent, *Warteschleifen auf Holz*, paru en 2015, qui contenait déjà quelques poèmes bilingues, même si les versions françaises n'étaient pas aussi audacieuses. Souvent, un « *je* » s'adresse à un « *tu* », le « *nous* » se référant le plus souvent à ces deux personnages, deux amants qui ne peuvent se rejoindre. Si l'on ajoute à cela la féérie ambiante, les tableaux fondés sur des contrastes d'ombre et de lumière, les images empruntées aux saisons changeantes, les effets synesthésiques que distille l'auteure, on se rend compte que nous avons affaire à un livre débordant de déclarations d'amour.

L'illustration de couverture intitulée *Séduction* semble le confirmer. Ce qui frappe ensuite dans images de Johanna Hansen, peintre et poète, ce sont les intenses contrastes entre le rouge et le bleu qui donnent le ton. Trois de ces œuvres ont été réalisés en lien direct avec les poèmes du recueil. Parmi ceux-ci, *Papillon de nuit, lune et coquelicots* semble s'échapper directement du poème « Fauchage ». Le croissant de lune et le papillon commentent les textes, le fourmillement des plantes et des motifs floraux souligne l'intensité de la passion qui les habite et les arrache à leur mélancolie. Avec l'utilisation de l'écriture manuscrite, l'artiste de Düsseldorf se déclare à égalité peintre et écrivaine.

Contrairement au premier opus, ce nouveau recueil présente beaucoup moins de références explicites, en particulier à la Saxe, région d'origine de l'auteure. « *Je suis l'oie blanche de l'Est* » dans « Drôle de cœur » est une exception. *Poussière de papillon* célèbre plutôt l'essence même du village, la ruralité en soi, cf. entre autres « Cachette » ou « Fête des voisins » ainsi que « Remembrement » ou même le petit bras de mer « Aber Wrac'h », situé dans la Bretagne toute proche de chez elle. Du point de vue des motifs et de la langue, il y a là une sorte de manuel qui retrace l'arrivée dans ce qu'on pourrait appeler un pays intermédiaire : Ainsi, de même que dans le prologue, la pleine lune n'apparait qu'en allemand ET en français, les cinq cycles de sept poèmes, composés sur un plan rigoureux, ne se révèleront comme un grand tout que dans les deux versions réunies.

Et finalement revient la mort. Le dernier chapitre (littéralement « *jusqu'à ce que tu deviennes noir* », idiomatique à double sens car incluant aussi une notion d'attente interminable), en français « *Vers l'obscurité* », ne constitue pas seulement un point final avec « Requiem » et « Récital pour un enterrement ». Il s'agit d'une sorte de retour au pays, dans les deux sens du terme : aux « *douze nuits hantées* » païennes, là où le « *Seigneur (…) déchire les cieux* » et où quelqu'un chante « *celui qui aime* ». Donc, tout à la fois Retour aux sources et Adieux – à l'origine allemande ? « *La maison est en vie ma chambre / n'existe plus* ». Comme dans un rêve.

Patrick Wilden, Dresde, Août 2022
Traduction de l'allemand : Franziska Beyer-Lallauret, Charles Moreau

Franziska Beyer-Lallauret, Lyrikerin und Deutschlehrerin in Angers (Westfrankreich), hält sich jedoch regelmäßig im sächsischen Muldental und andernorts in Deutschland auf. 2015 erschien ihr Debütband *Warteschleifen auf Holz*. 2021 wurde sie mit dem Ulrich-Grasnick-Lyrikpreis ausgezeichnet, 2022 war sie Finalistin beim Lyrikpreis Meran.
Poète et professeure d'allemand à Angers, elle séjourne régulièrement en Allemagne, notamment en Saxe où elle est née. En 2015, elle a publié son premier recueil. En 2021, elle a reçu le prix de poésie Ulrich Grasnick à Berlin et a été finaliste du prix de poésie de Merano en 2022.
www.franziska-beyerlallauret.eu

Johanna Hansen, Malerin, Autorin, Herausgeberin. Mehrfache Aufenthalte in der Cité Internationale des Arts, Paris. Stipendiatin des Schriftstellerhauses Ventspils, Lettland. Postpoetry Lyrikpreis NRW 2019, Arbeitsstipendium des Kulturministeriums NRW 2020, 2021 und 2022.
Elle est peintre, auteure, éditrice. Plusieurs séjours à la Cité Internationale des Arts, Paris. Boursière de la maison des écrivains de Ventspils, Lettonie. Prix de poésie « Postpoetry » de Rhénanie-Westphalie 2019, bourse du ministère de la Culture de Rhénanie-Westphalie 2020, 2021 et 2022.
www.johannahansen.de

Patrick Wilden, *1973 in Paderborn. Lyriker, Rezensent und Redakteur. Zuletzt erschienen die Gedichtbände *Schreibers Ort. Suite karkonosque* (Köln 2022) und *Alte Karten von Flandern* (Jena 2019). Lebt in Dresden und Leipzig.
Né en 1973 à Paderborn. Poète, critique et rédacteur. Dernièrement, il a publié les recueils de poésie « Schreibers Ort. Suite karkonosque » (Cologne 2022) et « Alte Karten von Flandern » (Iéna 2019). Vit à Dresde et à Leipzig.

Bildnachweis / crédits iconographiques

1) Cover/Couverture : *Verführung/Séduction*, Tusche auf Karton/encre de Chine sur carton, 25 x 25 cm, 2011
2) Frontispiz/Frontispice : Aus dem Zyklus *Im Schmetterlingsgarten*/Du cycle *Dans le jardin des papillons*, Mischtechnik auf Papier, Bleistift/technique mixte sur papier, crayon, 100 x 70 cm, 2013
3) *Nachtfalter, Mohn und Mond/Papillons de nuit, coquelicots et lune*, Tusche auf Papier/encre sur papier, 43 x 41 cm, 2022
4) *Schmetterlingsweide/Pré aux papillons*, Mischtechnik auf Papier/technique mixte sur papier, 74 x 51 cm, 2022
5) *Für ein Schneewittchen/Pour une Blanche-Neige*, Mischtechnik auf Papiertischtuch, Bleistift/technique mixte sur nappe de papier, crayon, 120 x 160 cm, 2015
6) *Sonnenblumen und Klatschmohn/Tournesols et coquelicots*, Tusche auf Papier/encre de Chine sur papier, 50 x 72 cm, 2022
7) *Frau mit Schmetterlingsboot/Femme avec bateau-papillon*, Tusche und Fineliner auf Papier/encre de Chine et fineliner sur papier, 40 x 40 cm, 2022
8) *Paradise lost*, Mischtechnik auf Papiertischtuch/technique mixte sur nappe en papier, env. 110 x 80 cm, 2015

Danksagung der Autorin

Ich danke Johanna Hansen für das Glück der Übereinstimmung, die Begleitung durch das Projekt und die intensiven Bilder, denen die *Falterfragmente* innezuwohnen scheinen.

Herzlichsten Dank an Patrick Wilden für das einfühlsame und kenntnisreiche Nachwort.

Dankgedanken an Elke Engelhardt und Bettina Beyer für ihr Da-Sein und all ihre Anregungen zu den deutschsprachigen Texten sowie an Laurence Pannefieu, Muriel Masson, Véronique Tourault-Potier, Gilliane Verhulst, Marie-Liesse Vandame-Buron, Stéphane Terrien und meinen Mann Charles Moreau, die wichtige Hinweise bei der Übertragung ins Französische gaben. Dank nicht zuletzt meinem Verleger Harry Ziethen, der furchtlos das gar nicht selbstverständliche Abenteuer eines deutsch-französischen Gedichtbandes wagt!

Remerciements de l'auteure

Merci à Johanna Hansen pour le bonheur de notre complicité, l'accompagnement à tout moment et les images intenses. La *Poussière de papillon* semble les habiter.

Chaleureuses pensées à Patrick Wilden pour la postface empathique et érudite.

Un grand merci également à Elke Engelhardt et Bettina Beyer pour leur disponibilité et la relecture des textes en allemand, tout comme à Laurence Pannefieu, Muriel Masson, Gilliane Verhulst, Marie-Liesse Vandame-Buron, Veronique Tourault-Potier, Stéphane Terrien et mon mari Charles Moreau pour leurs conseils précieux concernant les traductions en français. Merci finalement à mon éditeur Harry Ziethen, qui se lance sans crainte dans l'aventure, pas évidente du tout, d'un recueil franco-allemand !

Impressum

Bibliografische Information der Deutschen Nationalbibliothek:
Die Deutsche Nationalbibliothek verzeichnet diese Publikation in der Deutschen Nationalbibliografie; detaillierte bibliografische Daten sind im Internet über http://dnb.d-nb.de abrufbar.

Friedrichstraße 15a, 39387 Oschersleben
Telefon 03949 4396, Fax 03949 500100
www.dr-ziethen-verlag.de, E-Mail info@dr-ziethen-verlag.de
2022

Druck: Halberstädter Druckhaus GmbH

ISBN 978-3-86289-213-6